KB126984

사유악부 시인선 03

시애틀도 아닌데 잠 못 드는 밤

창작동인 울

사유악부 시인선 03

창작동인 울

시애틀도 아닌데
잠 못 드는 밤

김승강 정남식
임성구 이주언
박은형 김명희
서연우 최석균

사유악부

시작하며

　시를 생각합니다. '읽고 쓰기'에는 그 사이에 '생각하기'가 빠져 있습니다. 생각이 길어집니다. 생각은 길어질 수밖에 없습니다. 아시다시피 '쓰기'로 넘어가기가 그리 쉬운 게 아니니까요.

　시를 생각합니다.
　종일 생각할 때도 있습니다. 물론 시를 잊는 때도 있습니다. 그렇지만 금방 잊은 게 아니라는 사실을 깨닫습니다. 시 앞에 뭔가 들어와 시를 가리고 있었던 것뿐입니다. 아니면 시가 자발적으로 깊이 가라앉아 쉬고 있었을 수도 있습니다.

　시는 무엇인가요?
　시를 오래 생각해 왔지만, 저 물음 앞에서 무력감을 느낍니다. 당신이 "시는 무엇인가요?"라고 물을 때 가슴이 철렁 내려앉습니다. "드디어 올 것이 왔구나" 싶기 때문입니다. 저 상황을 가정하고 대답을 준비하고자 했지만 늘 실패하고 말았습니다. 시는 무엇이라고 답할 수 있는 자는 누구입니까? 시를 잠시 '읽지' 않고 '생각하지' 않고 '쓰지' 않으면 대답할 수 있을까요? 조금 비켜나 있을 때 눈에 더 잘 들어오는 것들이 있으니까요.

시가 무엇인지에 답하지 못하면서도 시를 계속 생각합니다. 운명이라 해도 좋습니다 누구에게나 운명적으로 끊을 수 없는 것, 딱 달라붙어 떨어지지 않는 것이 있지 않겠습니까. 딱 달라붙어 끊어낼 수는 없지만 귀찮지만은 않은 것, 자발적으로 성가심을 감수하는 것, 그것에는 그만한 이유가 있을 것입니다.

생각을 거듭하다 보면 생각 자체를 잊고 생각하는 '나'도 잊는(아니, 잊어버리는) 순간이 있습니다(왜냐하면 우리의 머릿속은 너무나 복잡해서 한 가지 생각만을 오랫동안 지속해서 이어가기는 쉽지 않으니까요). 그 순간 도둑처럼 왔다 가는, 아니 천사처럼 왔다 가는('몰래'라는 말을 강조하고 싶은 것입니다), 도둑 혹은 천사가 왔다 갔다는 강렬한 확신을 얻게 되는 순간(그렇습니다. 거듭 '순간'이라는 말밖에 쓸 수 없습니다)이 있었습니다. 그 순간에 시는 태어났고, 그 순간을 잊지 못합니다.

시를 생각했으니 좋은 시도 생각해 봅니다.

다른 사람이 읽고 감동하는 시를 생각해 봅니다. 좋은 시는 앞서 말했듯 도둑이 몰래 왔다, 천사가 몰래 왔다 남기고 간 무엇 같은 것은 아닐까요? 도둑이, 천사가 오기 전에 '끊임없는 생각'이 있었고 그 '끊임없는 생각'의 끝에 주어진 시가 좋은 시가 아닐까요?

'시는 혼자 쓰는 것'이라는 말에 동의해 왔습니다. 그러나 근래 생각이 바뀌었습니다. 생각을 바꾼 게 아니라 생각이 바뀌었습니다. 생각해 보면 저 말은 시의 위의를 혹은 시인의 권위를 전제하고 있는 것 같습니다. 그래서 바뀐 것입니다. 이 시대가 어디 그런 시대입니까. 개인적인 생각이라는 것을 전제하면서 저 말을 이렇게 바꾸고 싶습니다. '시는 혼자 하는 놀이'

'시는 혼자 하는 놀이'란 말은 사실 적지 않은 시인들이 동의하고 있는 것으로 알고 있는데, 어쩌면 이 말은 참 슬픈 말인지도 모르겠습니다. 저 말 속에는 노신의 정신 승리와 비슷한 것과 더불어 이 시대의 시의 위상 같은 것을 짚어볼 수 있는 것이 들어있기 때문입니다.

사실 '시는 혼자 쓰는 것'이라는 시대에도 시인은 삼삼오오 모였습니다. 그때는 아마 '시의 위의' 혹은 '시인의 권위'를 여럿 모아 더 큰 위의 더 큰 권위를 만들어 그것을 의도한 곳에 사용하고자 한 경향이 있었던 것 같습니다.

'시는 혼자 쓰는 것'이라는 시대에도 모임이 있었는데 '시는 혼자 하는 놀이'라는 시대에 모임이 없을 수 없습니다. 그러한 모임은 더 많아지고 더 다양해진 것 같습니다. 시의 위의와 시인의 권위를 대신해 시의 파편화와 시인의 평범성(banality)이 시를 소비하는 시대에 살고 있는 것 같습니다.

'시는 혼자 쓰는 것'이든 '시는 혼자 하는 놀이'이든 '우리'를 형성하는 데는 '그때'처럼 어떤 특별한 의도 같은 건 없었던 것은 분명해 보입니다. 따라서 어떤 선언을 위한 포디엄(podium)은 필요 없을 것 같습니다. 이 글로 간단한 인사말을 대신할 뿐입니다. '우리'는 오래 서로를 지켜보다 "함께 무엇이라도 해야 하지 않겠나"라는 데 생각을 같이했던 것 같습니다. 그것은 아주 자연스러운 일이었고 오랜 만큼 '우리' 자신들에게 다행스러운 일이었습니다.

- *2023 가을 〈울〉 동인 일동*

차례

$$\frac{1}{부}$$

김승강

시인의 말

지금 여기서 이러고 있을 때가 아니다. 짐을 정리하고 가방을 싸서 길을 나서야 한다. 지구가 불타고 있다. 지구가 불타고 있는 것을 강 건너 불구경 하듯 할 수 없다. 지구가 부르기 전에 지구로 집결해야 한다. 나는 지구방위 군의 예비군이 아니었던가. 지상에서는 연일 지구로 복귀하는 예비군의 행 렬을 보도하고 있다. 지구가 위험에 처해 있다. 지구를 구해야 한다.

어린이고 노인이고 임산부고 봐주지 않는다. 보이는 대로 죽이고 닥치는 대로 부순다. 지구 밖에서 이러고 있을 때가 아니다. 한가하게 TV나 보면서 다람쥐의 식량을 축내고 있을 때가 아니다. 심심해 죽겠다며 술이나 마시고 있을 때가 아니다. 시간을 죽이지 못해 산이나 들을 쏘다닐 때가 아니다. 연 금이나 타 먹고 앉아 있을 때가 아니다. 100년도 못 살면서 500년을 썩지 않 는다는 비닐포장지를 배출만 하고 있을 때가 아니다.

적은 우리 내부에 있다.

∞

여기로 이사와 바로 느꼈는데, 이 마을은 까마귀가 많다. 시멘트 천지 아 파트 단지에 뭐가 먹을 게 있는지 모르겠지만 먹이활동을 하는 아침 시간이면 여러 마리씩 떼를 지어 옥상들 여기저기를 분주히 날아 건너다닌다. 나는 옥상층에 살기 때문에 아침이면 종종 그들을 의도치 않게 관찰할 수 있다.

하루는 아직 어둠이 채 가시지 않은 시간에 책상 등을 켜고 신문을 읽고 있는데 그들이 앞 동 옥상에 날아왔다. 언제나 그렇듯 나는 읽던 신문에서 눈을 떼고 그들에게 눈길을 준다. 대여섯 놈이 옥상 모서리를 옮겨 다니며 한순간 밑으로 직하했다가 다시 위로 급상승하기를 반복했다. 그런데 그날은, 드문 경우지만, 그 중 한 놈이 옥상 피뢰침 끝에 앉았다. 놈은 먹이활동에는 관심이 없다는 듯 앞만 주시하고 초연히 앉았다. 놈과 나의 거리는 불과 50미터 남짓. 나는 기다리고 있었다. 내가 명명한 '철학자 까마귀'가 날아온 것이다. 이때 그는 '어디'를 보는 게 아니라 '너머'를 보는 것 같았다.

김승강

시집: 《흑백다방》, 《기타 치는 노인처럼》, 《봄날의 라디오》, 《어깨 위의 슬픔》, 《회를 먹던 가족》

피뢰침 끝에 앉은 까마귀

앞 동 옥상 위 피뢰침 끝에 앉은 까마귀
나 같아
앞 동 옥상 위 피뢰침 끝에 앉은 까마귀
시를 기다리는
앞 동 옥상 위 피뢰침 끝에 앉은 까마귀
절대공간
앞 동 옥상 위 피뢰침 끝에 앉은 까마귀
새벽빛은 밝아오고
앞 동 옥상 위 피뢰침 끝에 앉은 까마귀
언제 날아가고 없는

앞 동 옥상 위 피뢰침 끝에 앉은 허공

절대시간은 오지 않고

내가 가끔 트로트를 듣는 이유

그 거리가 한때 흥청거렸다는 것을 오늘날 말해줄 수 있는 자는 누구인가 그 도시는 오래전 타국의 기획으로 만들어진 군항도시였다 도시의 동쪽 변두리에서 서쪽 도심으로 가는 중간지점에 불쑥 극장이 하나 나타나는 것부터 어떻게 설명해야 할까 나는 그 극장의 간판장이를 친형으로 둔 동네 형을 따라 아무나 드나들 수 없는 그 극장의 화장실 뒤 어두컴컴한 간판실에 들어가 본 것을 행운이었다고 생각해 왔다 도시 변두리에 사는 한 소년이 도심으로 가 서울에서 새벽 기차 편으로 내려온 조간신문을 받아 극장 앞 버스정류소에서 내려 동네 거리를 뛰어다닐 때 그 거리의 지난밤의 흥청은 목격되었다 극장 뒤로는 철길이 지나갔고 철길을 건너면 지린 오줌 냄새가 밴 유곽을 지나가야 했다 한 아름 신문을 안은 소년은 유곽을 지날 때마다 뒤가 마려워지는 것을 느꼈는데 어느 날 유곽을 지날 즈음 뒤가 마려웠고 급히 화장실을 찾아 헤맸으나 화장실을 찾기도 전에 바지에 똥을 싼 채 배달을 마쳐야 했던 날부터 생긴 증상이었다 유곽을 지나면 작은 광장이 나오고 작은 광장 한쪽에는 소방서가 있었다 소방서 건물 안에는 한 대의 빨간 불자동차가 떠나간 애인을 기다리는 여인같이 우두커니 서 있었다 동네는 들어갈수록 지대가 조금씩 높아졌는데 마을 위쪽 끝 너머 산 중턱에는 중학교가 있었다 그 중학교에는 신문 배달을 늦게 마친 소년이 지각한 날 친구들 앞에서 소년에게 무안을 준 국어 선생이 소년의 친구들을 가르치고 있었다 꾸중을 들은 날 소년은 교실 창가에서 창밖을 바라보고 있었는데 소년의 시선 너머로는 작은 바다가 어항의 물처럼 만에 갇혀 있었다 그 앞 뭍으로는 해안을 따라 군부대가 펼쳐져 있고 그 한쪽에 신병훈련소가 있었다 그러니까 극장과 신병훈련소는 도심으로 가는 중앙도로를 사이에 두고 건너편에서 서로 마주 보고 있었던 것이었다 느닷없이 극장이 나타나고 그 뒤로 유곽이 있고 그 위로 소방서가 있는 한때 흥청거렸던 거리, 신문 배달 소년이었던 나는 동네 형의 친형이 높은 천장 아래 흐린 백열등을 밝힌 어두운 간판실에서 당대 배우들의 얼굴을 그리던 붓으로 그 거리의 흥청을 그릴 수 있을까

길 끝에는 양계장이 있었다

우리는 늦은 점심을 먹으러 길가 식당으로 들어갔다 음식이 나오기 전 아내는 주위를 살피면서 내 몸에서 계분 냄새가 난다고 했다 방금까 지 우리는 양계장에 있었으므로 당연한 일이었다 계분은 식물이 뿌리 를 땅속 깊이 내릴 수 있도록 도와주지 그 식물을 우리가 먹고 살지 계 분이 키운 식물로 만든 반찬이 나왔다 아내는 반찬에서도 계분 냄새가 난다고 했다 아내와 달리 나는 계분 냄새가 고마웠고 계분냄새가 나는 반찬은 맛있었다 양계장은 길 끝에 있었다 일주일에 한 번 거대한 사 료 차가 사료를 싣고 산을 힘겹게 올라왔다 닭들은 선 채로 밥을 먹고 선 채로 알을 낳고 선 채로 똥을 쌌다 또 일주일에 한 번 계란 차가 도 둑처럼 가볍게 올라와 알을 싣고 무겁게 내려갔다 우리는 양계장에서 나오는 계분을 받아 먼 강가의 우엉밭에 넘겼다 나는 우엉이 깊이 뿌 리를 내리며 자라는 강마을이 좋았지만 아내는 씻은 내 몸 아래 누워 서도 내 몸에서 계분 냄새가 난다고 했다

뱀의 숲

네가 내 숲을 다녀갔다는 것을 밟혀 죽은 뱀을 보고 알았다
내 숲에 발을 들여놓지 않겠다며 떠난 네가 아니었던가

밟혀 죽은 뱀은 나의 뱀이었다
나는 이날이 올 줄 알고 내 숲에 수많은 뱀을 풀어놓았다

숲을 비울 때
나는 내 숲의 뱀들에게 명령했었다
오직 한 사람만은 물지 말고
그 발아래로 기어들어가 밟혀 죽으라고

내 숲에 새로 난 길이 달빛에 빛난다
내 뱀의 죽음이 만든 네 길이다

화장실 수건

사무실에 앉아 있으면
화장실을 사용할 수 없겠냐며 급히 문을 열고 들어오는 사람들이 있다
그럴 때마다 얼마든지 사용하라며 일부러 친절한 미소까지 지어 보였다

화장실을 쓰고 손을 닦으려는데 수건이 더럽지 않은가
나는 손을 닦으려다 말고 바지에 훔쳤다

씻은 손을 자신의 옷자락에 훔쳤을
화장실을 빌려 쓴 사람들
화장실은 급해서 빌려 쓸 수 있다 해도
남의 화장실 수건은 사용하기가 꺼려지는 건 당연하다

한번 떨어진 기온이 좀체 올라오지 않는 날들이다
나는 화장실에 쓸 수건을 집에서 세탁해 가져왔다
사무실에서 가져간 수건은 세탁기에 던져 넣어두었다

들판에 덩그러니 의자가 놓여 있다
그 옆에 새하얀 변기
의자에 내가 앉아 있고
변기 옆에는 수건이 깃발처럼 펄럭이고 있다

먼 벤치 위의 죽음

한 노인이 벤치 위에 앉아 있었다
노인은 벤치 위에 한가로이 앉아 있을 사람 같지 않았다
노인은 한 손에 막걸리 통을 들고 있었다
노인은 벤치에 앉아 막걸리나 마실 사람 같지 않았다
막걸리를 통째 마시다 말고
생각에 잠긴 듯
막걸리 통을 든 채 눈을 감고 있었다
날이 저물고
나는 세상을 한 바퀴 돌아왔는데
한 노인이 벤치 위에 앉아 있었다
노인은 벤치 위에 한가로이 앉아 있을 사람 같지 않았다
노인은 한 손에 막걸리 통을 들고 있었다
노인은 벤치에 앉아 막걸리나 마실 사람 같지 않았다
막걸리를 통째 마시다 말고
생각에 잠긴 듯
막걸리 통을 든 채 눈을 감고 있었다
노인이 앉은 벤치 한쪽에 막걸리 통이 두 개 놓여 있었다
빈 막걸리 통인 듯
하나는 쓰러져 있었다
아무도 노인을 아는 체 않는 것으로 보아
노인은 먼 마을에 사는 노인인 것 같았다
아무도 노인에게 다가가지 않는 것으로 보아

노인의 선택을 모두 존중하는 것 같았다

나는 집으로 돌아와 소주를 마셨다

개에게 길을 묻다

여인이여
개에게 주는 애정의 반만이라도
나에게 줄 수 없겠소

나도 잘할 수 있다오
개처럼 아무 말 하지 않겠소
개처럼 주는 대로 먹겠소
개처럼 꼬리 흔들며 반갑게 맞을 수 있소

여인이여
그대와 산책하고 싶소
나에게 개 목걸이를 해도 좋소

밤이면 그대 침대맡에서
밤새 그대의 꿈길을 지키겠소

외로워서가 아니오
외로움은 나에게 사치
일찍이 외로움을 버린 개가 그랬듯이

여인이여
행복한 개처럼 그대 향기에 흠뻑 젖고 싶소

여기 개가 한 마리 있소
주인을 찾는 개가 있소
버려진 개가
그대의 입양을 기다리는 개가
여인들의 마음을 몽땅 훔쳐버린 개를 부러워하는
사랑에 굶주린 사람이 한 마리 있소

이 시대 사내들의 적은 개;

여인의 품에 안겨
24시 밤의 편의점으로 들어가는 개

짧은 순간 자신을 향해 짓는 개의 미소를 보았다고 생각하는
검은 비닐봉지를 든 사내가 있소

수평선 너머

여자가 수평선을 바라보고 서 있었다 여자 뒤에서 남자가 여자를 카메라에 담고 있었다 나는 남자가 찍은 사진을 보았다 여자와 나 사이에 있었던 남자가 보이지 않았다 나는 사진을 버리고 바다로 달려갔다 아직 여자가 서 있었다 여자는 돌아서는 법이 없었다 남자는 내 뒤에 있어야 했다 나는 돌아보지 않았다 수평선이 뒤로 물러나고 있었다 여자가 앞으로 몇 발짝 발을 옮겨놓았다 남자가 여자와 나 사이에 들어와 있었다 남자의 등짝이 여자를 가렸다 다시 수평선이 앞으로 다가왔다 여자가 몇 발 짝 뒤로 발을 옮겨놓았다 남자는 뒤로 물러서지 않았다 나는 뒤로 물러서다 무언가에 걸려 넘어질 뻔했다 수평선 끝에서 파도가 밀려와 방파제에서 부서졌다 갈매기가 날아올랐다 여자의 머리카락이 바닷바람에 흩어졌다 남자는 계속해서 셔터를 눌렀다 나는 남자가 찍은 사진을 뺏어 보았다 여자가 없었다 나는 사진을 버리고 다른 바다로 달려갔다 수평선이 턱까지 밀고 들어와 있었다 여자가 아직 서 있었다 수평선이 찰칵하고 닫혔다 열렸다 여자는 돌아서는 법을 몰랐다 여자는 맨발이었다

골목길을 빠져나와

골목길을 들어섰을 때 저쪽 끝에서 그림자가 하나 나타났다 검은 교복이었다 교복 위에 상의를 덧입고 있었다 상의에 달린 후드를 깊이 눌러쓰고 있었다 골목길 중간쯤의 한 집에서 또 하나의 그림자가 불쑥 골목길로 들어왔다 검은 교복이었다 둘이 걸어가는 방향이 반대였다

한길로 나오자 여학생 둘이 나란히 걸어가고 있었다 둘은 먹을 것을 나누어 먹으며 조잘대며 걸어갔다 날씨가 썰렁한데 교복의 치마는 짧았다 허연 허벅지가 훤히 드러났다

길 건너편에서 한 여학생이 공영자전거를 타고 달려가고 있었다 이쪽 두 여학생과 반대 방향이었다 같은 방향으로 공무원들과 사무직 직장인들이 인근 건물을 향해 걸어가고 있었다

신호가 바뀌었는지 건널목에 섰던 사람들이 일제히 건너편을 향해 출발했다 저쪽에 선 사람들도 이쪽을 향해 발을 내디뎠다 버스와 자동차가 차선 앞에 얌전히 서서 기다리고 있었다

나는 아까 공영자전거를 타고 가던 여학생과 같은 방향으로 자전거를 달렸다

회를 먹던 가족

추운 겨울이었지만 화창한 일요일이었다 성경책을 든 사람들이 폭풍의 언덕 위에 서 있는 교회를 향해 걸어가고 있었다 섬 북쪽 벼랑 끝예식장에서는 예식이 거행되고 있었다 우리 가족은 방파제 옆 횟집으로 회 먹으러 갔다 회는 추운 겨울이 제맛이지 펄떡펄떡 뛰는 횟감을 고르고 우리는 회가 준비될 때까지 먼저 나온 당근과 오이를 씹었다 아이들은 과자를 손에 쥐어주고 선창가에서 뛰어놀게 했다 회가 얌전하게 접시에 받쳐져 나오고 우리는 일제히 덤벼들어 회를 먹었다 회에는 소주가 제격이지 매제가 초장 묻은 입술로 말했다 술을 마시지 못하는 여자들은 콜라를 주문했다 매운탕이 나오고 밥이 나올 즈음 교회에 갔던 형님과 형수님이 뒤늦게 합류했다 형님과 형수님은 성경책을 내려놓고 그들 몫으로 덜어놓은 회부터 허겁지겁 먹었다 저녁 무렵 폭풍의 언덕 위 교회를 향해 아내가 혼자 길을 떠났다 벼랑 끝 예식장 위로는 아버지가 비닐봉지처럼 날아올랐다 방파제에서 놀던 아이들은 방파제 끝에서 까마귀들에게 새우깡을 나누어주고 있었다

2부

정남식

살아 남은 자의 비망록

날은 연일 무더웠고, 자주 비는 무겁게 내렸다. 뜨거움과 축축한 기분이 번갈아들면서 몸과 마음이 조금씩 균열을 일으킬 즈음 지인의 추모제에 갔다. 시간은 쏜살같이 지나갔고, 그의 이름을 떠올렸을 때 그에 대한 만남이 현재 진행형이라는 것을 느끼는 데는 그리 오래 걸리지 않았다.

8월이었다. 그리고 연이어 죽은 지인들의 소식이 속속 들려왔다. 마땅히 살아 있어야 할 사람이 옆에서 사라졌을 때의 황망함을 감추며, 장례식장에서 망연히 영정을 쳐다보았다. 그제야 나는, 지금껏 죽음에 대해 제대로 생각해 보지 않은 자신을 돌아보았다. 심지어 아버지의 죽음을 옆에서 지켜보았던 시절도 있었다. 노화로 인한 죽음은 자연스러웠지만 젊은 나이의 때 이른 죽음 앞에 나는 당혹감을 감추지 못했다. 이제 현실적인 내 몸을 생각할 때이기도 한 것이다.

죽음을 현장에서 보기는 어렵기에 그 정황에 대해 상상해 보는 것이 대부분일 텐데 동물의 죽음에서 나는 그 고통을 보았다. 기르던 개가 죽어가던 시간을 거의 실시간으로 보았기 때문이다. 나이가 들어 숨이 끊어지기 직전의 고통을 외면한 채 자연스레 외출하던 때의 죄책감에 나는 질기게 묶여 있다. 술자리가 잦았던 시절, 재미 삼아 강아지 먹이에 섞어주던 소주를, 그 개는 나중에 냄새만 맡아도 치를 떨었다. 그 개가 죽었을 때 나 역시 술을 마시고 어두운 새벽 산에 올라가 묻어 주었다.

병이 결국 죽음에 이르는 과정을 실감하며 그에 관한 시편들을 모아보았을 때 죽음을 어떻게 이해할 것인가라는 주문을 혼자 되뇌어 보았다. 그러나 그 생각은 당연하게도 하면 할수록 미궁에 빠졌다. 초월을 생각할 때 초월을 생각하지 않는 것이 초월이라는 것을 깨달았다는 한 시인의 말처럼 죽음도 죽음을 생각하지 말아야 할 것인가. 죽음은, 그러할 수는 없다. 서서히 나타나다가도 기습적으로 다가오는 죽음이 삶과 한 몸이라는 것을 깨닫는 것은 절대 신앙에서나 가능할 것인가 되물을 뿐이다.

이 시편들을 보내고 나서 나는 한동안 그 언저리에 남아 있을 것 같다. 부질없는 것일지라도 연옥이든, 중음이든 떠도는 그들의 넋이 정화되어 하늘의 한 자락에서 이 기억으로나마 위로가 되었으면, 하는 바람이다.

그 사이 몇 번의 결혼식이 있었지만, 한 번도 가보지 못했다.

정남식
시집: 《시집》, 《철갑 고래 뱃속에서》, 《입가로 새가 날았다》

31

어머니 첫 병

밤새 눈이 감겨지지 않는다
어둠으로 이불을 덮어도
처진 눈꺼풀이 눈을 덮어도
머리맡 자리끼 물을 다 마셔도
밤새 눈이 감겨지지 않는다
목은 눈물에 잠겼다
어둠을 들춰내고 집을 나선다
가족은 잠들어 있다
잠들지 않는 불안을 거리에
버리려 하지만 버릴 데가 없다
첫새벽이 다가와도 가시지 않는 불면
홀로 고대병원으로 주섬주섬 발을 옮긴다
그토록 없던 입원실에 마침 나온 침대 하나
잠들 수 없어 잠의 보약 먹고 한잠 잔다
독한 약 덕분에 그날 하루 내내 잔다
눈뜨는 게 두려워 잔다
목소리는 갈라지고 말이 없다
우울증, 여든에 어머니 첫 병이었다
쉰 넘어도 장가들지 못한 큰아들
우울증이 다 나갈 즈음
도진 어머니 첫 병

저 혼자 이토록

아버지는 한 장 줄기로 뻗어 있다 뼈는 점점 가늘어지는 숨 가쁜 잠투성이였다 뼈의 잠을 일깨우려 입에 풍이 들었다 달각달각 저 혼자 그 토록 공기를 저작하였다 허공에 미세한 눈꺼풀을 심었다 잡초의 시선이 구부려졌다 풀린 줄기가 들려 흔들렸고 입가의 바람으로 풀이 죽었다 언제 내려가나 흐릿한 말이 콩팥에서 나와 이슬처럼 흘러내렸다 내려가야 했다 비가 듣고 있었다 나는 계속 듣고 있었다 한 장의 종이처럼 펄럭이는 저 가벼운 가운 같은 기운 깊은 잠을 자지 않기 위해 허공에 눈꺼풀을 자꾸 심는 아버지 마침내 한풀 꺾인 아버지에게서 모든 바람이 풀리고 팔 같은 풀 줄기도 완전히 누웠다 차가운 손목을 잡았을 때 입술에서 말씨가 얼어붙고 덩어리 말을 비어내듯 말똥을 쌌다 유언流言이 가슴을 지나 항문에서 흘러나왔다 살아 있는 것은 소문이 아니라고, 숨에서 꽃이 피었다 꽃이 공기를 떠났다

오래도록 비우고

꽃봉산 자락에 가을 한 줌 뿌리고 온 오후입니다 망인의 옷에 추억제
를 올리고 넋을 드럼통에 태웠습니다 감나무에 남은 몇 점 까치밥도
보았습니다 하늘이 푸르러서 나뭇잎을 쓸었습니다 생애에 불던 바람
으로 일체 아버지를 오래도록 비운 것이 아버지를 또 살게 할 것인지
요 이제 바람 그쳤건만 아무리 절을 해도 남은, 부서진 아버지 길에 던
지고 온 날입니다

정진혜거리

꽃을 바쳤다
골목이 어두워 저녁이 오고
진혜 말이 텔레비전에서 뛰쳐나오고 있었다
이제 텔레비에서 나오라고, 전시에 오라고
추모가 말하였다
한 푸른 바다가 담벼락에 걸렸다
손에 바다를 물들이면서
수평선이 기울어질 때마다
바다의 허리를 잡으려
수평선에 관 같은, 배를 걸치고 눕곤 했다
바닷속이 천 송이 물꽃이었다
추모객이 향불 연기에 흩어질 때
거리가 열린 채 닫혔다
난데없이, 방역차 연막이 제상을 뒤덮었다
시에서 정화되어 1년 만에 길거리에서
연기 추모식을 전시하고 있었다
바람꽃이 소리 없이 신을 신고
무더기로 담을 타고 날아가고 있었다
수평선을 타고 날아가고 있었다

생의 한가운데

삼산이수에서 물의 문자가 흘러왔다
산 사이에 흐르는 물이 검어졌다
누군가 죽어 흘린 물이

수승대에 들어와서는 거북바위 밑 물살로
가늘게 재빨랐다 물을 만져보니
미끄럽게 흘러가고 냇물은
뼈 없이도 저리 흐르는데

염천에 너는 갔다
상복공원 장례식장에 걸린
갸름한 얼굴이 기우뚱하였다

팔월 초나흘 상복上福,
저곳으로 가기 위해서인가
삼산이수에서 흘러든 물이 냉천에 들었다가
생의 절반도 못 되어
퍼진 폐의 통증으로
허리 아프다가
시린 등뼈를 친친 동여매었다

감쪽같이 별은

자기의 성소를 감추었다

복사지 박스를 들지 못할 만큼
허리가 얇아지고
섣달 지나 새벽 푸른 정맥에
비치던 달빛도 지고

치료 병동 건너 스타벅스는 쳐다만 보았다
스타 여인 세이렌 소리는 무음이었다
침대맡에 허리가 끊어져 있었다
물리치료도 물려 버릴 즈음

허리가 더 얇아지자 장이 붙었다
먹은 것을 모두 올리고
응급실에서 콧줄이
눈 밑에서 오르락내리락하는

경부고속도로로 가는 구급차에서라도
바다에 맡기는 심정으로
내장이 살아 있는 걸 먹었어야 했는데

철썩, 파도처럼

귀에서 무심코 돌이 떨어졌다

마취에서 깨어나
바닷바람이 몸에서 부는 것을
바람의 비린내가 알려 주었지만
너는, 너의 별을 지웠다

장복산, 대천, 웅산, 냉천, 자마산
삼산이수에 떨어진 별을, 어느 때 찾아보리

십리대숲에서

비 내리는 태화강 대나무숲에 섰다
대나무는 바람에 자라다가
넘치는 강물을 잡으려고 했는지
댓잎이 허공을 향해 찌르는 듯
잎새 사마귀로 달려 있다

천전리각석에 머문 우매友妹를 생각하다가
죽음을 향해 내민 사마귀 발이 흔들리듯
엄마 숨 끊어졌다
가을비가 대차게 내리고 있다

태화강 너머 대나무가
십 리도 못가 병 얻어 강물을 살았다
우비 쓰고 달리는 강변 자전거

비와 강물을 타고, 젖은 바퀴가 굴렀다
강물은 흐름 없이 흐르고

음 팔월 초하루가 초조하였다

살아 풀을 베다

태풍이 귓가로 지나가는 흐린 날,
서울, 부산, 진해 일가들이 감암에 모여
가을바람에 장비를 챙기고 있습니다.
형의 아들은 이 풀베기 마치면 군 입대합니다
길 없는 종중산은 입구부터 절벽
일 년의 햇빛과 바람은 길을 지우고
풀의 날과 가시에 얼굴 긁히고 미끄러져도
허리 곧추세우는 디스크 환자 둘이
이 버려진 산을 오르고 있습니다
무덤가에서 땅꾼이 풀숲을 뒤집니다
벌집에 에프킬라를 마구 뿌리는데,
무엇하러 왔냐구요?
죽음의 흔적을 보러 온 거지요
보이지 않는 핏줄을 흙에 대고는
이마에 묻는 거지요
나는 뿌리를 어디에 내려야 하는지
죽음의 삶에게 삶의 죽음이 엎디어
고통이 어떻게 관통이 되는지 한 잔 올리면서
우리의 하루는 이렇게 살아 있습니다
풀 베러 만났을 뿐이에요
재실 댁은 조상 아무 필요 없다고 말하지만
산정 묘지에 계보의 바람 불어야 우리,

살아 있는 것이 아닌가요?
이제, 무덤은, 풍장으로 초분입니다
뼈도 추리지 않을 작정입니다

꽃불

왔어요, 무진정에

춤을 한판 추러
몸을 다하고 싶은데
몸이 서질 않아요
몸을 홀몸으로 채우다가 날이 저물었어요
오늘 달도 뜨지 않고
몸이 살아나질 않아요
결국 몸을 참숯처럼 다 태워 버렸어요
그러니 무명無明옷으로만 움직일 뿐이에요
바람이 살아 있다는 걸 알릴 뿐이지요
겨우 심지를 내 숯가루가 된 몸을
무명옷에 싸서 배롱나무에 걸었어요
몸을 다하고자 불을 붙이니
숯가루가 타면서 옷의 몸이
활활 바람에 타들어 가요
훨훨 날아가는 재가 꽃불이에요
이수정 물 위로 떨어지는 저 낙화들,
아아 저는 사방에 떨어지고 있어요
그만 다 타들어 갔을 때
저의 흔적은 없어지고 말았지요
물에 젖어 흘러가는 재가

저인가요, 그러나
저는 타지 않았어요
배롱나무 밑에서 당신이
그리운 꽃그늘로 피가 도니
봄여름이 시작되어

왔어요, 무진정에

$$\frac{3}{부}$$

임성구

당신과 우리 사이 더 큰 울꽃으로 만발하길

그늘을 당겨 쓰고,
어둠을 당겨 쓰고,
울음까지 끌어당겨서 시를 써봤다

이제는,
꽃향기를 다발로 묶어서
세계의 대문을 활짝 열겠네

지상의 꽃빛과 물빛과 불빛과
천상의 달빛과 별빛과 햇빛과
맑고 밝아서 더욱 투명하게 부신
세상의 모든 그 빛 한 줌씩을
영혼을 관통한 내 심장에 쟁여 넣고

촘촘히 박음질해 깊은 운율로 삭힌 다음
조금씩 꺼내 쓰는 순하고 순한 꿈이 되고 싶네
당신과 나 사이 서로 보듬고 웃어주며
우리라는 더 큰 올이 될 때까지

임성구

시조집: 《오랜 시간 골목에 서 있었다》, 《살구나무죽비》, 《앵통하다 봄》, 《혈색이 돌아왔다》,
《복사꽃 먹는 오후》, 현대시조 100인 선집 《형아》

화성의 검劍

20세기 태어나서 21세기를 사는 사내가
잘 익은 가을 한복판 수원 품은 화성을 걷다
서쪽 성城 화서문 앞에 가만 서서 묵념하네

천천히 고개 들고 감은 눈을 뜨면서
300년 전 정조 18년 그 시절에 태어나네
장수將帥로 군사를 호령하며 팔작지붕 세우네

영차영차 큰 돌 옮긴 피와 땀의 얼룩 지문과
목숨을 던져가며 미인처럼 세운 성곽에
우렁찬 함성을 새기네, 천 년 후에도 안 무너질

덧없이 부드럽고 강건한 조선의 검劍이여
핏발로 세운 깃발 미래는 아름답길
굳건히 지켜낸 성문城門 이날을 꼭 잊지 않길

공명 동굴

한 방울의 물소리가 아주 큰 힘을 가졌네
귀청 찢어지도록 달팽이관에 닿는 여운
단단한 돌집 한 채가 무너져 내릴 것만 같네

오리나무 잎잎들이 뱉어내는 푸른 바람
동굴로 쑥 들어와서 어둠을 밝혀주네
포로롱 날아든 새 한 마리, 목 축이며 나를 보네

맑아진 행간 속에 '또옥똑 으응' 물소리 공명
징검돌 놓듯 시詩를 놓아 징 소리를 내고 있네
산과 산 도봉道峯들이 일제히, 내 갈 길을 밝혀주네

힘센 과장법의 밤

알 품은 아내 방은 꿈나라에 이미 가 있고

딸 방은 별나라에서 백마 탄 남잘 만나고

아들은 달빛 평야 한가운데, 돈키호테처럼 달리고

잠들지 못한 거실은 시인의 습작 바다

밤 2시 서로 다른 주제를 펼쳐놓고

뜨겁게 토론하는 방, 그 열기가 가당찮다

평온하게 뜨거운, 셋은 매우 고요하고

들끓는 컴바다*에서 낚싯대 드리운 채

월척을 낚겠다는 남자, 못 주겠다는 저 달빛

헛입질 시어詩魚 떼들 밀당은 거세지고

융단폭격 맞은 듯이 심장은 공허하고

미완성 종장終章 일부만 밤바람에 나부낀다

*컴바다: '컴퓨터 바다'를 줄인 신조어.

눈 깜짝할 사이 시가 지나갔다

중년의 바리스타가 커피를 내리는 동안
살구꽃이 폈다 지고 복사꽃이 또 폈다 지고
천둥을 몰고 온 소나기가 커피 향을 머금었다

한 모금 진한 향기 몸 곳곳을 지날 때
창원시 용호동 메타세콰이어 철로 변에
동화 속 간이역이 하나씩, 생겨났다 사라졌다

피었다 진 꽃이나, 생겼다 사라진 역사驛舍가
황혼녘 단풍잎을 하늘 가지에 걸어두고
또 한 번 연두를 꿈꾸는데, 꽃벼락을 맞았다

맑은 사랑의 시간

풀잎처럼 순하디순한 긴 생머리 여자가
청사과 한 입 베 물고 바람결에 흔들린다
만지면 시들 것만 같아 앙가슴만 부풀고

눈에서 눈빛으로 전송하는 이모티콘처럼
하늘거린 풀꽃 향기로 건너가 안고 싶다
눈물이 마를 때까지 통기타 노래 들려주며

슬픔이 천둥 같아 두려움에 떠는 날이면
더 세게 고함쳐서 당신으로 태어나리
별처럼 떠도는 시간 속에 피워올린 연꽃처럼

밤의 원본대조필

자정을 지나면서 불빛이 사라진다
하나씩 사라지는 백만 도시 불의 생명
현란한 3시 30분 이전
제 집으로 죽으러 간다

가로등 불빛 몇만 쓸쓸히 살아갈 즘
아파트 옥상과 가까이 사는 나는
별이 된 사람을 만나고
검정들을 필사한다

이 밤 한가운데 술독에 빠진 남자
비틀비틀 걸어가다 넘어져서 울던 남자
총총한, 별 이불을 덮고
드렁드렁 코를 곤다

봄, 청연암에서

자주 목단 나풀거리는 오월을 입은 청연암
검정 양복 한 사내가 스님 따라 법당에 든다
한 자루 향불 든 손이 바들바들 떨고 있다

부처님 염화미소에 떨린 손 풀어 합장하고
간절한 마음 바치는 저 심연의 연못에는
네다섯 비단잉어가 유영하며 읽는 경전

향불이 다 탈 때까지 목단과 대웅전 사이
극락왕생 소원하는 사내와 스님 사이
뎅그렁 풍경이 운다, 극락 문이 열린다

놋숟가락, 청꽃 피다

오래된 사람들의 손 지문 입술 지문이
무수한 비와 이슬 햇빛과 그늘을 먹고
파리한 꽃을 피우고 있다
겹겹 숨의 감정으로

주린 생을 전송하던 한 떨기 희망 메시지
온 우주 에돌아 와서 내 앞에서 웃고 있다
환하게 너도 나처럼
대대손손 건너가라고

아주 평범한 후회

세상을 살다 보면 마음처럼 되지 않아
잠시 멈칫하고 더 큰 발로 건너야 할 때
비로소 소중한 너를, 다시 한번 생각한다

작거나 못생긴 돌이 물살을 견디지 못해
홀연히 홀연히 떠내려가서 허전할 때
불안을 호소한 것은 네가 아닌 나란 것을

거룩한 꽃만 보고, 나 혼자 그 꽃만 보고
징검징검 네 굽은 등, 무수히 밟고 지날 땐
돌 하나 못 받쳐준 나를, 그래도 용서하겠니

늦가을, 강진만康津灣 대저택 이야기

살짝 마른 갈대밭에 새들이 찾아오면
변두리 쑥부쟁이꽃 다복한 보랏빛 웃음
몇만 평 그 웃음 보려고, 집을 나선 짱뚱어

사람들은 짱뚱어가 신기한 듯 내려다보고
짱뚱어는 사람들이 신기한 듯 올려다보고
색다른 구경거리에 더 다복해진 쑥부쟁이꽃

시인은 개펄원고지 펼쳐놓고 시를 쓰네
광활한 영감靈感을 낭독하는 새와 나눈
강진만 빼곡한 생명 절창, 감탄사가 안 아깝네

4
부

이주언

나의 횡설수설

현실과 상상의 범벅으로 시를 쓸 때가 있다.

많은 상황이 오버랩 된다.

마치 주문을 외듯 횡설수설이 술술 나오면 충만함을 느낀다.

그때 나의 말은 럭비공이다.

어디로 튈지 모르는 언어들이 사랑스럽다.

무한한 자유를 만끽한다.

무언가에 눌리는 중력의 삶에서 잠시 벗어나는 기분이다.

억눌림으로 인해 독설을 내뱉어야 했던 과거의 삶에 보상받는 기분이다.

이런 횡설수설이 사라질까 두렵다.
그 속에선 내가 쿨할 수 있기 때문이다.
언제나 반복되는 계절처럼 새롭기도 하다.
이제 또 봄이 올 것처럼.

이주언

시집: 《꽃잎고래》, 《검은 나비를 봉인하다》

배롱나무

하얀 식탁보를 깔고 잔을 놓았다, 그리고
아무 일 없었다

바위에 부딪히는 파도를 보고 있다 물보라에 놀란 새들, 날아올라 물고기 대신 술병 주위를 날아다닌다 노을이 조각조각 빛나는 물결, 그 가려움을 바라본다 박박 긁지 못하는 생은 그래서 더욱 가렵다 피부에 옴을 꽃피우던 사람처럼 허벅지 가려울 때 비로소, 거기 허벅지가 있음을 알아챈다 서천에 놓인 술병, 자잘한 꽃무늬 원피스의 여자가 병마개를 열었다 크고 작은 날개들 날아오른다 술잔 하나가 날개를 펴고 식탁에서 떨어진다 박살난 하루를 쓸어 담는 여자, 붉다

초록 새똥이

은회색 자동차에 떨어졌다

사람이 제 배설을 재빨리 치우고 싶어 할 때 새는 날아가며 혹은 나무에 앉아 당당하게 배설한다 은회색에 어울리는 초록 새똥, 잘 익은 열매를 찾지 못해 초록을 먹은 것일까

그때 나는 카페의 2층 구석진 화면에서 열연하던 채플린의 검은 모자를 보고 있었다 무료 주차장 한 구간이 은회색 모자를 쓰고 있을 때, 채플린은 지팡이 짚고 한쪽 다리를 꼬고 서서 미인을 기다리고 있었다 누군가 매번 꺾으려 해도 꺾이지 않는 신념, 새가 공중에서 본 모자들은 변치 않는 바위 같아서 잠시 실례를 해도 될 것 같은

기분이겠지 채플린이라면 모자에 떨어진 초록 새똥을 후후 불어 무채색 오브제로 만들 것이다 새똥이 모자에 떨어지면 기함하던 나는 늦게사 발견한 자동차의 초록 얼룩을 문지르기 바쁘지만

굳은 신념을 가진 새똥은 잘 지워지지 않는다 무성 영화 속에 살아 있는 채플린을 닮았다, 꼭 그렇게 수세미로 긁어내야겠어?

초록 새똥이 눈을 깜박이며 쳐다본다

이명2

소리를 뒤집어쓴다 양철 바닥처럼 기울어져
밤새, 와그르르 와그르

검은콩 완두콩을 쏟는 소리, 콩 한두 되로는 안 되겠는지

엄마는 콩 팔러 장에 가고요 나는 콩처럼
잠 속을 이리저리 튀어요

밤의 뒷골목에선
쇠 깎는 소리도 요란한데요

쇠를 깎아 만든 반짝이는 귀고릴 달고
콩 석 되, 콩 넉 되… 양철 바닥에 쏟아지는 와그르르

밤새 내다 팔지 못한 꿈을 씻어
솥에 안치고 밥상을 차리는

가늘고 하얀 달의 손가락
보일락말락

새벽이 담장을 넘고 있다

홍시

문득 노크한다, 캄캄한 대문 열고 일 나가시던 아버지의
등허리를 에워싼 찬 기운과

손 빗질로 비녀를 꽂고 아침기도 올리시던 할머니
등뼈를 곧추세워 보기도 했으나

홀쭉해지기 전, 생의 어디쯤에서

새의 부리 같은 사랑을 받아먹고
몸이 패인 채

둥근 초록 내미는 꿈을 꾸는 걸까

문득 노크하다, 터져버린

흑백 사진2

기차가 내뿜는 증기 사이로
검은 옷 입은 사람들이 걸어 나왔다

눈이 마주친 순간
서로가 멈칫거렸다 눈인사를 망설인 걸까

터널을 지나다 보면 다 그래, 컴컴하고 축축한 기분을 어쩌겠어 기억을 놓치기도 하지 당신은 몇 개의 터널을 지나 이곳에 당도했나요, 묻고 다니는 여자도 있다 꽃이 피었다 지고 유리창 덜컹이는 폭풍우 지나 흰 파라솔 펼쳐진 바닷가를 달리기도 했다 물빛에 끌렸으나 기차를 내리지 않았다 순전히 내 굼뜬 운명 탓이다 푸른 숲을 지나 다시 터널 속으로 들어가는 기차, 그런데

이거 꿈이 아닌 것 같아

기차가 내뿜는 증기 속에서 우리, 만난 적 있는 거 맞죠?

오타루와 오타쿠

좁은 운하를 따라 돌아다녔다 눈을 덮어쓴, 흰 털모자 같은 지붕들이
한때 공장이었던 건물 위에 엎드려 가만가만 숨을 쉬었다

공기가 드나들 때마다

비슷한 인물과 똑같은 인물을 똑같은 스토리와 비슷한 스토릴 뒤바꾸
고 싶었지만, 그러니까

날숨 들숨 헷갈리는 공기처럼 비슷한 듯 같지 않은 듯
흉내 내고 싶었는지도 모른다

눈 속에 푹푹 빠지는 발을 빼내느라 매번 비슷한 동작을 하다 그 자리
에 꽂힌 채 저녁을 맞곤 했다 반복되는 악몽, 핏빛 배어드는 배경처럼
엄마를

부르는 악몽처럼
시린 운하를 따라 걷고 또 걷는다

거부하면서 빠져드는 게 있다 눈 가린 손가락 사이로 보는 호러물처
럼, 혹은 눈코귀 없는 엄마의 얼굴을 쓰다듬는 꿈처럼

북두

빨판이 된 입술로 키스를 한다
먹이를 먹듯 사랑을 흡입하는 칠성장어

일곱 개의 구멍으로 피리를 분다
일곱 개의 구멍으로 빛의 화음을 쏟는다

오선지의 음계를 연주하는 대신
예언의 운지법을 펼친다

사랑을 가장한 몸짓에
내 입술이 가닿아

너의 심장은
검은 바위가 되었구나

밤하늘에 빨판을 대고
달군 송곳으로 몸에 일곱 개의 구멍을 내던

언약의
궤도를 따라 돌고 있다

$\frac{5}{부}$

박은형

월담

8층 창으로 낯익은 향이 넘어온다. 1층 출입문 옆의 금목서가 꽃이 절정일 때 올려보내는 등황색 신호다. 밤공기를 타고 창을 넘어올 때 더 짙고 매혹적인 몸 내음. 낮의 소란과 빛이 향기의 첨밀밀 농도를 떨어뜨리는 것처럼 느껴진다. 오후에는 약간 그늘지는 환경을 좋아한다는 목서의 생장 조건도 꽤 마음에 든다.

마감일보다 먼저 원고를 보낸 기억이 없다. 별반 나아지는 것이 없는데도 붙들고 끙끙거리게 된다. 향기는 고사하고 시의 담을 넘어가기도 늘 역부족이다. 그럼에도 담장 밖으로 목을 내놓고 오가는 시를 구경한다. 그늘지면서 몸내 짙은 시 한 편 훌쩍, 나의 담을 넘어올지도 모르는 일이니까.

겨울이 곧 들이닥칠 것이다. 내게 모든 순간은 더욱 잘 헤어질 결심을 해야 하는 타이밍이다. 좀 더 멀리 있는 것이 서로 안전한 선택 아니었던가. 그런데 이제 와 어쩌자고 우리는 뭉치고 말았는지. 이 의기투합이 오래 시가 되기를! 시의 잦은 월담을 방조하는 울이 되기를 바랄 뿐이다.

박은형

시집: 《흑백 한 문장》

식탁 혹은 폭포

경비실 옆 자투리땅에 차린 꽃밭 하나
정수리에 무차별 꽂히는 탄환 같은 뙤약볕 하나
꽃과 잡풀의 경계를 분별하는 땀 젖은 뒷모습 하나
무지개 우산으로 피워 놓은 민무늬 그늘 하나
바람의 초상을 감지하는 초보 바람개비 하나
바퀴 없는 꽃밭을 기웃이 내려다보는 순찰용 자전거 하나
발성을 위해 몸의 반절 이상을 비우기도 하는 매미의 책무 하나
애인의 수저를 놓듯 반절 기울인 심장 하나
돗자리만 한 사랑을 차리느라 경건한 여름이 하나
늙수그레한 발성으로 키우는 뜨거운 폭포 하나

아파트 경비실 옆 자투리땅에 식탁 같은 꽃밭이 하나

시애틀도 아닌데 잠 못 드는 밤

청할수록 명료해지는 잠의 뒤를 쫓는다 문틈까지 건너와 따르는 낮은
음역의 풀벌레 입김도 불면과 한 편이다 도심의 8층 창 아래 옛 시절의
파수병같이 선 참나무 한 그루 갈참 굴참 졸참 떡갈 신갈 상수리 넓적
한 바람소리 곧잘 올려 보내는 녀석의 진짜 이름과 도토리묵같이 슴슴
하고도 느슨한 떫은맛에까지 마실 가 보는 캄캄한 뜬 눈의 밤은 한 허
리 베어다 니불 아래 묻을 까닭도 없는 기나긴 밤이다 역무원 처자는
겨우 갓, 빛나는 갓, 스물여덟을 살아내는 중이었다는데 퍼렇게 벼린
치뜬 마음을 받아주지 않아 주검이 되었단다 人面의 한 種 세상에 퍼
뜨리는 자여 제발, 오리발도 아니고 불발도 아니고 씨발도 아닌, 우발
偶發이라는 역한 발 내밀지 마라 댕강 부러뜨려 불구덩이 쑤셔 넣어라
섬뜩한 미행에 너절한 사랑 타령도 입히지 마라 허락받지 못했다면 몇
수레 미사여구를 바쳐도 칼잡이에 지나지 않는다 스물여덟을 사는 딸
아이, 굴참이거나 졸참이거나 제가 열매인 한 그루 참나무로 산다 뒤
뚱뒤뚱 모래 알집처럼 버석거리는 발바닥을 견딘 지 몇 달째, 주삿바
늘이 발꿈치에 박힐 때마다 내 몸속 모든 숨, 비상벨처럼 뭉쳐서 붉게
정지한다 시애틀도 아닌데 시와 愛와 틀린 것들의 세상 번갈아 잠 못
드는 밤 돌아눕지 못하는 심정까지 풀벌레 흘러들어 울다 말다 하는
밤 한 번도 간 적 없는 시애틀*도 아닌데 구뷔구뷔 잠 못 드는 밤을 홀
로 펴는 쓰라린 격발의 밤

*영화 <시애틀의 잠 못 이루는 밤>에서 차용

73

나무의자

담장에 장미 넝쿨을 올려 두고
나무의자 두 개
빨래집게가 물고 있는 공중을 보고 있다

곧 헐린다는 집들
목서 따위 나무의 이름과
낮달을 보여주는 비범한 골목까지

지키는 것인지
고여 있는 것인지

나날이 마르는 내 영혼에 비할 바 아니지만
그 무엇도 데려와 앉히지 못하는,
나무의자 두 개

담장이 좋지 않을까 아니야
장미 가시가 될 수 없다면 펄럭이는 공중으로 정할래

폐허로 낙인찍힌 빈집들 사이 서성이며
한 번쯤 있을지도 모를 후생을 골라 보는데

꾸무럭 까만 눈알을 뜨는 나무의자 두 개

폐허의 옆구리 냄새를 컹, 짖을 때는
다 늙어빠진 개의 앞발에 얹히는 저녁처럼 다정하다

홀로 비 맞다 썩을 즈음이면
삽목한 가지처럼 다시 땅 깊은 데까지 발을 뻗어가
저녁에만 몰래 자라는 나무로 되돌아갈 수도 있을 거야

한 그루 생이 비워진 나무의자를 따라 하다
무채색의 긴 그림자만 묻힌 채 나는 원래대로 돌아왔다

늦은 빛

날마다 건너다보는 저기 산 밑
한 물 표정을 뺀 잔광이 엎드린다, 지붕들

이맘때 어제 그 차림
오렌지 화풍의 무뚝뚝한 평화주의자 행색

애인을 자청하느라
아무도 안 듣게 고래고래

푸르스름한 그늘 지나 저녁의 뻘밭까지

바짝 영혼을 쪼는 늙은 대장장이
빛의 늑대
제단에 바칠 오늘의 시

눈동자마저 늦은 빛으로 재단한 이여
사라지는 뒤를 보고 있으면

암만해도 내가 더 오래된 슬픔 같아
슬픔인 것만 같아

사랑할 차례 –족저근막염

바다가 생겼나 보다 깨진 몽돌들의 거처가 되었나보다 물결에 굵은 모래알 쓸리는 기분이 발바닥에 분다 농게 방게 칠게 같은 것들이 게소리 보글거리며 발을 뜯나보다 눈감고도 족히 해내던 보행이 아슬해졌다 사랑할 차례라는 경고음 같아서 뒤를 돌아본다 생의 노선이 바다에서 출발되는 것임을 매일 잊었다 계절이 바뀌도록 애쓴 엉거주춤은 무용지물이다 하루아침에 균형의 돌팔이가 되고 말았다 발로부터 퇴행하는 것이 속도만은 아니다 일몰까지 걷기는 나 혼자 여름 우거지기 좋아서 좋아했는데 바닥을 아끼라는 경고는 계속된다 곧잘 걸어가 보던 길 끝 작은 마을, 사람도 고적감 기우뚱 대던 집들도 흔적 없다 모두 사랑할 차례라서 사라진 것일까 무엇을 덧대야 기억의 근막은 단단해지나 덜덜덜 발바닥에서 거죽 타는 냄새 난다 불꽃처럼 뜨거운 염증과 불균형을 견디는 이 여름은 오로지 내가 사랑할 차례,

백미러

백미러에 고인 어머니가 손을 흔든다
지팡이로 받쳐놓은 구부정한 시간이 조금 줄어든다
가속이 붙고 백미러는 풍경을 갈아치운다
밀어도 백(back) 할 수 없는 어머니를 갈아치운다
내 눈의 뜨거움 따위 가차 없이 뽑아버린다
눈물은 한낱 은폐를 위한 철자법
나의 속도대로 나는 변함없이 어머니를 떠나고
어머니는 당신의 속도로 혼자 당신을 떠난다
대문을 걸어도 시간의 품행은 쳐들어올 것이다
물방울처럼 손 볼 수 없게 된 생의 이름을 알 길 없다
백미러에 고인 어머니를 떼 내는 순간
나를 떠나는 나의 속도가 무뚝뚝한 얼굴로 들이닥친다

보통의 하루

같은 환경에서 어떤 감은 얼어 있다
언 과육에서 별의 잔기침 맛을 찾아낸 건 뜻밖의 수확
좋은 일인지는 알 수 없지만 내게 마음이란 아직도 죽었다 살았다 하는,
송곳니 도드라진 얼굴 없는 짐승의 헛발질 같은 것이다

무턱대고 비를 빠져나왔을까
처마 아래로 질질, 지렁이가 모래 묻은 목숨을 끌고 간다
무턱대고 끌어다 풀숲에 던져놓는 오지랖과
버둥대며 희뜩 까뒤집는 물컹한 목숨 사이에서
지난봄 분홍 이마를 보여주던 산사나무가 잔뜩,
열매를 매달고 죽고 있다

음식물쓰레기 통에 엎어져 탐스럽게 익는 토마토는 지구의 신호등
일용할 음식과 음식쓰레기의 차이는
그저 공간 혹은 시간의 무성의한 분류 방식에 그칠지도 모른다
스티로폼 상자와 플라스틱 용기 더미에
우리가 양육하는 새 죽음이 피라미드처럼 높고 견고하다

고양이가 새끼를 물고 황급히 쓰레기장을 뜨며
오늘치 잠정적 삶과 확정적 죽음을 거간할 때
분리되거나 배출되기 전까지
적어도 몇 가지 방식의 나를 실행해도 되는 것은 행운이다

오늘도 한 번 생긴 마음이 죽을 때까지 수없이 죽는다

$\dfrac{6}{부}$

김명희

부재의 힘

부재가 힘이 되었다.
없는 것이 많아서 슬픈 시절,
이유 없이 눈물이 핑 돌곤 했다.
눈물에 새겨 넣은 언어는 오래도록 가슴에 남았다.

아무도 몰래 꺼내보며 흥얼거렸다.
눈물이 마르자 언어도 사라졌다.
부재에 대해 다시 생각할 때가 되었다.

김명희

시집: 《향기로운 사하라》, 《꽃의 타지마할》

울음의 형상

섬망의 나무에서 새 같은 사람이 추락하자 새가 울었다. 미리 저승을 한 바퀴 돌고 온 검은 울음. 그녀는 짐짓 모른 척 국화 속에서 웃고 있다. 삶을 적출한 미소는 무심의 영원 같아서 혼절한 꽃잎 위에 하얗게 새의 형상이 피어났다. 열나흘 달빛 끌고 온 새 같은 사람이 울고. 그 울음은 새 같은 사람에게만 전염이 됐다. 슬픔의 소주잔이 너무 작아서 그새 울음이 울음을 딛고 올랐다. 새 다리 젓가락 다리 울음의 오지를 돼지비계로 틀어막았다. 오지 없는 생 모퉁이 없는 생은 저승 밖의 일. 인간이란 탄원서를 울음으로 디밀어도 연기되는 울음뿐.
어깨죽지 다 젖도록 새 같은 사람이 새의 형상으로 울고 있다.

수국정원

큰 잎, 오크 잎, 원추형, 부드러운, 등반 수국
붉은, 푸른, 분홍과 흰 꽃나무

내 곁으로 내 안으로 끊임없이 끌어당긴다

내 안에 젖은 당신은 식물의 언어

최초의 교신인 듯 먼 우주로의 타전인 듯

여우비 잎새 오후 세 시의 화농 길 잃은 새소리
붉으락푸르락 어찌할 바 모르는

마음은 벌써 알몸

꽃의 정수리는 젖통 큰 여름의 산실

폭발하는 연극배우의 독백처럼 소나기처럼

우리는
펑펑 터지는 지상의 현실을 꽃이라 부르는 족속

손쓸 새도 없이 막을 새도 없이

바람의 허밍을 따라가며

꽃이려니

······.

시그널

이가 깨졌다, 꿈속처럼 선명해서
곁을 떠난 자리에도 수저를 놓는다

액자 속 미소는 여전히 함께인데

물젖은 손의 허방에서
곧 방치한 미각이 끓어오를 것이다

빈자리는 어제처럼 눅눅하여
3대째 포크와 나이프를 만든다는 그 가계를 생각하며
빗방울 숟가락을 후각에 얹는다

비비비 어깨 좁은 비가 들이친다
창문에 대롱거리는 참깨 같은 눈망울
닦아도 금세 흐릿해지는

당신이 진로와 참이슬을 두고 망설이는 동안
안부는 목구멍에서 부풀어 오르고
동공에 퍼붓는

저 빗소리

내가 나를 지나가는 소리

그리움을 낭비하다

달개비와 제비꽃 수척한 미소를 당신이라 부르면
퇴고 없는 그리움이 불어닥칩니다

키 큰 내가 키 작은 당신을 좇아서 아담한 당신이 함박웃음으로 나를
불러서 삼십 년이 하루 같았지요 식은 피로 문장의 마침표 찍는 순간
이 삼십 년 같아서

당신 문장의 거처, 서성이는 발자국 날아오르는 구름 떼
초록으로 누운 봄날까지

나는 그리움을 낭비합니다

쓸쓸함이라는 머플러를 하고 그리움을 호주머니에 구겨 넣어도
꽃봉오리처럼 붉거지는, 흙냄새 번지는, 빛살처럼 소리 없는

없음을 되짚어가는 하늘

간절하게 또 느슨하게 할 말을 모두 놓아버립니다

비가 설핏 다녀가고
담장 아래 제비꽃이 바람을 읽어냅니다

어스름이 꽃잎에 스며들 듯
당신과 함께라면 그리움을 탕진해도 좋겠습니다

누구나 다 아는, 아무도 못 본

로미오와 줄리엣, 백작부인, 찻잎의 스토리를 입안에 굴려본다. 휘파람이 질질 흘러내린다. 당신이 앓던 병은 춘몽이라. 바람을 피해 평온을 가장해도 증상은 아찔하다. 장미와 블렌딩한 차처럼 쉬이 우러나지 않는 비밀의 수면 아래, 정의 될 수 있는 사랑은 떨림 없이 고유명사를 불러들인다. 불온의 공기가 링거 같은 유리병에 몸을 비빈다. 꽃술의 노란 점액이 떨어진다. 지근거리는 지근의 병. 향기의 노출은 적나라한 처방전이다. 치유는 정원에서 숲으로 열려있어, 구름을 복용하고면 심장까지 맨발이라면 당신의 춘몽에 창문 하나 내고 싶다.

태산목

가지 끝 허공이 하얗다

눈 시린 향기에 감전되듯

이마 뜨거운
우리는 우리에 모인 초식동물

꽃을 먹고 꽃의 냄새를 맡으며 꽃의 서사를 읽었다

희고 높은 족속은 애초에 너 뿐이었던 거

우듬지 설산 내려오고

여름 온다

정상

산을 오릅니다
사람들이 오르니 그냥 오릅니다
언제부터인지 모릅니다
우리, 를 벗어나 혼자 오릅니다
눈만 뜨면 오릅니다
아닙니다 눈 감아도 오릅니다
미친 듯 미쳐서 오릅니다
꿈속에서도 오릅니다
뒤돌아보면 늘 그 자리입니다
산도 키가 자라나 봅니다
바람이 베이스캠프를 뛰어넘어 갑니다
그렇다고 다른 산으로 갈 수 없습니다
조난, 추락사는 남의 일이 아닙니다
이제 산의 높이에는 눈멀고 귀 닫기로 했습니다
아닙니다 마음까지 멀리 내치기로 했습니다
그 산 정상에 못 미치는
나는 나의 정상입니다

7부

서연우

너는 정말 있기는 했을까

창을 열고 밤 우주를 올려다본다
너는 떠났다
달려가도 만날 수 없는 곳으로
하필이면 달도 없는 그믐날
만원으로 활짝 웃던
너는 떠났다
하지만
오늘도 나는 달려간다
내게만 짖지 않는 너의 분신
어쩌지 못한 상태로 만날 때마다
미안하다는 말만 되풀이하게 하는

낯설지만 낯설지 않은 개와
이제 누구의 집도 아닌 집
너는 떠났다
달려가고 싶지만 달려갈 수 없는

아직 무슨 일이 일어나기 전

서연우

시집: 《라그랑주 포인트》

너는 풍경이 되어

네가 가는 곳으로 나는 달려간다

수신인이 없어 등기우편을 우체국에 보관한다는 스티커가 현관문에
붙어 있다 스티커에 내용을 확인할 수 있는 건 없다 네 것이고 네 것이
아닌 것에도 너는 나를 끌고 간다
너는 뭘까
토요일이다 연락 달라는 번호로 전화를 건다 월요일에 가까운 우체국
에 가져다 놓을 테니 찾아가세요에 너는 잃어버리면 안 된다며 있던
자리 다시 붙인 스티커처럼 현관문에 앉아 있다 월요일이 기다리는 문
을 안으로 잠근다
너는 뭘까
일요일의 다음 날이다 너는 전화로 온다 아침을 먹자마자 가까운 우체
국으로 갔고 택시 기사가 대신 찾아 준 등기우편 속에는 현금 만원이
있다 집으로 돌아온 택시 요금이 만원이다

웃는다, 창밖에 산벚꽃이 활짝

애견센터라는 배경

개가 짖는다
누군가 내놓은 종량제 봉투에 쓰레기를 욱여넣듯,

애견센터는 그때 배경이 된다

가게 앞 도로는 가게의 전용 주차장이라는 규칙성이 있다
이건 거의 맞다

나는 개가 만든 인물 안에 있다

없는 꼬리를 흔드는 개의 시선을 등 뒤에 두면
사람이 말하는 법을 종종 잊는다

금지되지도 허락되지도 않은
결국은 개라는, 결국은 개인 세계처럼

방법은 있다 빨리 갔다 온 존재가 되어보는 것이다

들렸을까

개들이 불규칙적으로 짖는다 뛰어나올 듯이 개답게

개는 방법이 없다 개는 배경이 없다

애견센터는 개의 배경이 된다

2월 이윽고

나는 태양을 신어
출입문을 등지고 안으로 서서
멀어지지도 가까워지지도 못하는

밟혀 죽은 줄도 모르는 개미 같은 거미가
태양 앞에 납작 엎드려

담벼락 아래 벤치에 나란히 앉아 다른 곳을 보는
할머니 노래하고 할아버지 손뼉 장단을 맞춰

화창한 날이기에 태양을 피하지 못하고
추운 날이기에 태양 외투를 입어

보이지만 보이지 않는 것을 보는
내가 신은 태양은 태양이고 태양이 아니야

필요한 만큼만 적당히 나누는 사이
뭐가 있다고, 분위기도 없이 눈이 먼 사이
안 보이면 걱정되는 사이

바깥을 보고 바깥으로 나가
이제 외투는 벗어 나뭇가지에 걸어 둬

어쩌면 봄 햇살

태양은 바깥을 설계한다

호루스의 눈*

권력자의 눈을 보다 신문을 덮고
귀가하는 길

공평보다 불공평이 더 좋다는 말을 오늘은 주워 들었다

눈알의 왼쪽 부분: 2분의 1
눈썹 부분: 8분의 1

여기서, 세상의 다른 곳에서 분수가 시작되고

누군가에 의해 다친 눈만큼
누군가의 눈을 똑같이 다치게 할 수 있을까

지폐에 새긴 거대 피라미드 꼭대기의 외눈 말이야
이 외눈에서 튀어 나가는 신세계 질서

벽은 촉각을 상징한다
부엌은 미각을 상징한다
창문은 생각을 상징한다

나는 이렇게 믿는다고 결정했는데

창을 열고 밤 우주를 올려다보면

완벽한 전체를 얻긴 어렵다

경사면을 부수며 기우는 달의 눈

눈의 흉터는 볼 수 없다

*호루스의 눈: 고대 이집트의 신격화된 파라오가 가진 왕권의 보호를 상징하는 문양

여행

구호 물품을 실은 차들이 또 다른 도시를 향해
군용트럭을 앞세워 지나간다 한 도시를 마친 차량들이다

고양이 한 마리 하드리아누스 신전 기둥 위에 앉아
지켜본다 황량하고 텅 빈 도시 에페소
사실 집이란, 누구의 집도 아니다

도시는 끌어안고 내뱉는다 포옹이란 결별을 안고 있다

30대가 지나면 떠나야 했던 도시들
당신이 찾고 있는 걸 내가 찾고 있다니!

낯선 사람이 낯설지 않은 개들은
청각 어딘가가 마비된 것처럼
어슬렁거리고 밸리 댄스 공연은 취소되고
검은 양들은 울타리 밖으로 나오지 않는다

이쯤에서 삭제해야 하는 것은 아닐까
사라진 도시에서 또 그렇게 사라질 도시를

잠시 아프다 잊힌, 이름 없는 번호와
잔해 밖으로 빠져나온 하얀 손을 생각한다

그 손은 지금의 지구를 빼다 박지 않았나

부서진 건물 너머에 서 있는 올리브 나무가 춤추고

사람들이 사라져 버린 곳으로 사람들이 몰리는 곳으로
다시 나타날 한 마리 고양이에 대해 예감하는 동안

여섯 명의 신과
일곱 명의 신이 서로 주장하며 동시에 거처하는

도시가 정말 있기는 했을까

초롱아귀가 아니다

#1

아무것도 하지 않는 새가 있다
영업을 마친 이불집 앞 평상에 앉아 있다 잘 개킨 이불 위 베개 같다

아무거나 하는 새가 다짜고짜 그래 미운 정도 정이라고 나도 전임이
나온 것 같다 맞장구치며 평상 앞에서 차 문을 연 채 백설기를 나누고
있다

아무거나 하는 새가 백설기 몇 개를 아무것도 하지 않는 새한테 건네
고 있다
아무것도 하지 않는 새는 손사래 치고 있다

아무거나 하는 새가 아무 잘못이 없는 백설기를 들고 어찌해야 할지
몰라 한다

새는 왜 받지 않는가
새는 왜 당연히 받을 거로 생각하는가

아무거나 하는 새는 그 자리를 최대한 빨리 빠져나가고 있다

#2

한 곳만 보는 새가 있다
햇빛 가득 고인 은행 자동화기기 앞 벤치에 나란히 앉아 있다 동시에
다른 곳을 보며 줄 달린 볼펜처럼 앉아 있다

보이는 건 다 보는 새가 벤치 앞에 주차하고 있다

다른 새들이 한 곳만 보는 새를 보지 않으면서 보고 있다
한 곳만 보는 새는 보는 것에 내성이 생기고 있다 아무것도 하지 않는
것처럼 사람들을 보면서 보지 않고 있다

새는 눈을 뜨고 보이는 것을 볼까
새는 눈을 뜨고 보이지 않는 것을 볼까

보이는 건 다 보는 새는 보이지만 보이지 않는 아무것도 하지 않는 방
향으로 한 곳만 바라보는 새의 세계를 상상하고 있다

#3

새는 어디에나 있지만 새는 보려는 사람에게만 보인다

아무것도 하지 않는 새를 아랑곳하지 않고
한 곳만 보는 새를 아랑곳하지 않고
깃털처럼 첫눈이 세워둔 차 위에 흩날리고 있다

저녁이 어두워지고

겨눈 기관총이 관중석을 향한다
무차별 총알이 날아온다
자리에서 일어나지 않은 채
있다 저녁과 밤 사이

총에 맞았던가
아무것도 아니라는 무표정으로 나는
뼈 없이 꽃잎처럼
허공에 짓밟히며 앉아있다

이후 세상은
총을 쏜 사람과 총을 맞은 사람과
현장을 본 사람과 현장을 보지 않은
사람으로 나누어진다

이런 곳에서 살아본 적 있어요?

기자가 도착했다 마이크를 들었다
오랫동안 도착해 있었다

어둠은 방전된 휴대폰처럼 죽고

아직 무슨 일이 일어나기 전

$$\frac{8}{부}$$

최석균

시의 문

  날마다 어째 이러나. 그만둘 날이 오기는 할까. 시인이라는 액세서리가 목줄처럼 걸리고 그것에 끌려다닌다는 생각이 든다. 그럴 때마다 비도덕적이라는 말이 엄습한다. 교육자는 잘 가르치는 것이 도덕적이고 정치인은 바른 정치를 해야 도덕적이라는 말을 들은 적 있기 때문이리라. 비도덕적인 굴레를 쓰지 못해 안달하는 자화상이 자꾸 그려진다.

진정 마음 한쪽을 훔쳐서 동행할 시구가 있기는 한가. 시집을 찾아 나서는 여유로운 발길, 시를 읽는 따뜻한 마음을 본 지 오래다. 화력과 물질이 횡행하는 세상에 눈 감고 맞장구치면서 시를 바라다니. 더구나 인공지능이 시를 찍어내는 마당에. 그러면서 시의 문을 연다. 문을 잇댄 문우들을 귀히 여기면서.

최석균

시집: 《배롱나무 근처》, 《수담(手談)》, 《유리창 한 장의 햇살》

너의 계절

신비의 계절이 하나 있지
오래 다가가도 당도할 수 없는

벌레들 다급히 우는 소리로 가을이 오고
호박잎 고구마 순 순순히 주저앉는 빛깔로 가을이 가는데

네 소리와 빛깔, 네 냄새를 보존한 채
나를 맴돌며 떠나질 않는

계절 밖의 계절이 하나 있지
너를 감금한 채 오지도 가지도 않는

알곡 같은 농부들 땀 냄새로 가을이 와서
한로 상강 이름으로 쳐내야 할 것들 쳐내며 가을이 가는데

한평생 안고 뒹굴어야 하는
내가 못내 궁금한 계절이 하나 있지

쌀쌀맞은 바람으로 오지 못하고
쓰러져 누운 들판의 얼굴로 가지 못하는

단감나무 그루터기

선산 밭떼기 단감나무는 하나같이
잘 다듬어진 실한 가지를 옆으로 드리웠다

그 가운데 한 그루 고욤나무가 비쭉
앙상한 줄기를 위로 뻗쳤다

묻혔던 토종 대목의 극적인 환생이다
죽은 단감나무 뿌리에서 막바지 숨으로 일어난 생명이다

열매는 작고 떫고 씨까지 많아서 먹을 게 없지만
까매질 때까지 묵히는 감칠맛이 있다

쭈그러진 고욤을 빨아보고 씨를 뱉어보면
단감이 오는 길목을 떠받치는 연원이 비친다

잘린 둥치에 남의 몸을 받아들여
이 땅의 물을 길어 올리고 이 하늘의 바람을 담아내는
고욤의 시간이 넘실거린다

죽은 단감나무 그루터기에서 일어난 줄기가
회초리 같다 거기에 달린 고욤이
까맣게 잊혔던 할머니 젖꼭지 같다

재미없는 직진

멀리 가기 위해 굽이치던 길을 잃고
사람이 펴놓은 길로 물이 흐른다

휘감으며 돌아보던 길을 버리고
사람이 뚫어놓은 굴속을 바퀴가 달린다

하천을 정비한다는 명목 아래
물길 따라 놀던 울퉁불퉁한 돌이 사라지고

그대에게 닿는 시간을 줄이려
산 너머 피어오르던 그리움이 걷혔다

물은 천년만년 무슨 재미로 흐르고
새벽 구름은 무슨 재미로 산허리를 감나

굽이쳐야 닿을 수 있는 아름다운 나라는
산 너머 은하에서 반사되고 있는데

멀리 봐야 깊어지는 그리움은
산의 심장을 파며 울고 있는데

동백꽃 피는 길

하룻밤 지심도只心島*를 안았다 붉은 길 하나가 떠올랐다 어디서 온 거냐고 묻지 않아선지 나아갈 길이 깜깜해선지 바로 수면 아래 잠겼다

다음 날 길은 동백꽃 피는 길을 열고 갈매기로 나는 길을 펼쳤다 손을 잡아주지 않자, 이번엔 절벽을 내놓고 사라졌다

포성처럼 천둥이 울고 비처럼 길이 쏟아졌다 길은 주둔군이 남긴 요새와 활주로를 적시면서 사방을 조망하고 수색하면서 바다로 들어갔다

섬은 울음의 원천 위에 떠 있었다 섬을 떠날 수 없는 길은 수평선을 그리는 일로 뒤척이거나 꽃으로 지는 일을 반복했다

섬은 파도의 칼날로 마음을 새겼다 지혈이 되지 않았다 치유를 위해 길은 이웃 섬으로 붉은 꽃잎을 띄웠다

길을 지우고 싶은 섬나라의 도발이 멈추지 않았다 포연이 자욱했다 달이 뜨고 꽃이 피는 길을 막아버릴 것처럼

묻을 수 없는 붉은 과거가 번개 쳤다 동백꽃 피는 길이 혈맥을 타고 흘렀다 노을이 섬을 덮는 날이 오고 또 왔다

*지심도只心島: 거제시 일운면에 있는 섬. 수령이 오래된 동백나무가 많아서 동백섬으로 불리고 일제강점기 일본군의 요새가 남아있다.

범람

물방울 튀는 소리만 듣고
물줄기 닿는 찰나만 느낍니다
뽀송한 상상은 금물입니다
향긋한 거품을 자양분 삼아
몸 구석구석 꽃이 피는 듯
가슴이 부풀고 겨드랑이에 날개가 돋는 듯
한데, 물외物外의 일이 무슨 소용이겠습니까
심연 저편, 지구의 신음이 들린다면
당신의 촉수는 고해에 닿은 겁니다
샤워실에서 이러는 거 아닙니다
물방울 튀는 소리로 해갈
물줄기 닿는 찰나로 헐벗음을 벗으면서
무슨 숨 막힐 일이 있겠습니까

둥근 풍경

볕 바른 산자락에 동그마니 앉아 있다
바람 세찰수록 선명하다

산길 물길 돌 때마다
마음의 문 한쪽을 열고 들어와
봉긋봉긋 자리 잡는다

괜찮을 거야, 마음자리는 한정이 없으니까

과거와 현재가 인사를 나누고
햇살인 듯 바람인 듯 나 이전의 내가 다녀간다

둥근 데서 와서 둥근 데로 가는 길이니
나 이후의 나는 별이나 비로 만날 수 있겠다

한 시절 떠밀리다 묻힐 형세지만
바람 세찰수록 살아나는 풍경

해와 달이 그린 산수화를 알처럼 품었으니
네게는 날갯짓 한 번이면 닿겠다

수천 년 이 땅이 가꾼 생사의 원형이

표지판처럼 길을 비춘다

괜찮을 거야, 따뜻하게 받아들이는 일이니까

날개

돌아다니다가 돌아와 잔다
눈 뜨자마자 또 돌아다니러 나간다
선선한 바람에 선뜻
차 앞부위 까만 점에 시선이 머문다
바짝 다가가 들여다보니 날개다
흔적 없이 날아간 날개까지 수백
수천은 되고도 남겠다
바퀴는 바퀴의 길을 가고 있었고
날개는 날개의 길을 가고 있었을 텐데
인과의 선악을 알 수가 없다
날개의 길에 들어선 바퀴 잘못인지
바퀴의 길에 들어온 날개 탓인지
알 길이 없는 일이 반복된다
알 길이 없는 일이기에
차에서 내리는 얼굴이 얼얼하다
날개에 맞아서 찍힌 까만 점이
점점 느는 것을 직감하는 아침저녁
자다가 또 돌아다니러 나간다

휴일의 꽃길

아침나절 TV 화면 속 동물농장 옆을 지나갔다 개를 사랑하는 가족 얼굴이 초롱꽃으로 피었다 개를 보듯 사람을 봐주지 않는 꽃에 대해 고민하다가

점심 때쯤 웨딩홀 테이블 꽃으로 앉았다 카펫 끝에 있는 뷔페에서 낮술로 꽃핀 친구를 만나 시든 꽃 몇 송이를 묶다가

병원 지하 식장에 들러 저녁밥을 먹고 하얀 꽃길을 빠져나와 노을에 취했다 '부산에 가면 다시 너를 볼 수 있을까' 옥탑 형광 글자 앞에서 찍은 사진, 공유할 내 안의 꽃을 물색하면서

사진을 날릴까 말까 고심하면서 백사장을 걸어 동백섬을 돌았다 낮에는 꽃이 못 된 것이 밤에는 꽃이 되는 풍경에 풍덩, 수평선 따라 피고 지는 꽃잎을 세면서

이루지 못한 일로 내일을 예약한 나를 보았다 오래 꿈꾸던 복사꽃 동산은 언제쯤 내 얼굴 실개천 같은 주름 위에 꽃잎을 띄울까 내게 날아온 손길이 꽃처럼 날리는 날

멈춘 리어카

너로 차오르던 가슴이 있었지 너 없이는 한 걸음도 뗄 수 없는 내가 굴러서 길을 내기 위해 너의 무게로 숨 막히던 밤이 있었네

뜨겁게 발효되는 봄날이 있었네 꽃 피는 꿈에 부푼 내 안의 네가 오르막길을 돌아 멀리 출렁이기 위해 길 나서는 아침이 있었네

가을이 오고 너를 부린 두렁길 위의 이슬은 얼마나 맑았는지 알알이 돌아와 안기는 너로 배불렀네 내리막길을 굴러 멈춰선 내가 보이기까지

향기의 원천을 묻어버린 발밑이 막다른 길목인 셈, 오래 머물러 주저앉은 자리엔 걸어온 길만큼의 뿌리가 내리는 법이지

너로 차오르지 않는 날은 앉은 채로 땅끝에 가닿네 그리움의 가지를 꺾으니 굴러가지 않고도 가닿는 길이 내 안에 열리네

고요한 착점 -바둑판

손끝을 타고 내려와 안착하는 돌소리가 깊다
나는 몸을 열고 돌을 품는 나무

돌과 돌이 만나는 미지의 길은 내 안에 있으므로
나는 어떤 소리로 울어야 할지를 안다

나는 빗물 받는 연잎처럼 출렁이면서
당신 착점을 하늘처럼 받든다 별이 뜨고 바람이 일고

열아홉 이랑이 우주의 길로 넘칠 때까지
날개로 오는 당신, 밀물 썰물로 스미다 가는 당신

나는 패배가 없는 나 이전의 나무로 숨 쉬면서
당신 실착까지 살이 닳도록 사랑한다

돌길을 닦는 거친 손이 나를 눌러도
꽃길을 여는 섬섬옥수가 나를 때리고 긁어도
나는 빗물 받은 연못처럼 고요해져서

동그란 소리, 동그란 무게에 젖는다

창작동인 울
시애틀도 아닌데 잠 못 드는 밤

초판1쇄 발행 2023년 11월 30일

지은이 김승강 정남식 임성구 이주언 박은형 김명희 서연우 최석균
펴낸이 이지순

편집 성윤석   **디자인** 디자인무영
제작 뜻있는도서출판
경남 창원시 성산구 중앙대로 228번길 6 센트럴빌딩 3층
전화 055-282-1457
팩스 055-283-1457
이메일 ez9305@hanmail.net

펴낸곳 사유악부
(사유악부는 뜻있는도서출판의 현대문학 분야 출판 임프린트입니다)

ISBN 979-11-985307-1-4   03810